LUCIEN DUC

DÉCENTRALISONS !

COMÉDIE EN UN ACTE, EN VERS

Précédée d'une étude de

JULES TROUBAT

sur la décentralisation par le théâtre

PARIS

LIBRAIRIE DE LA PROVINCE

35, rue Rousselet, 35

—

1897

DÉCENTRALISONS !

COMÉDIE EN UN ACTE, EN VERS

Il a été tiré de cette pièce, pour les bibliophiles

4 exemplaires sur Japon, à 4 fr.

12 sur papier de Hollande, à 3 fr.

et 48 exemplaires sur papier teinté, à 2 francs

numérotés de 1 à 64

LUCIEN DUC

DÉCENTRALISONS !

COMÉDIE EN UN ACTE, EN VERS

Précédée d'une étude de

JULES TROUBAT

sur la décentralisation par le théâtre

PARIS

LIBRAIRIE DE LA PROVINCE

35, rue Rousselet, 35

—

1897

LA DÉCENTRALISATION
PAR LE THÉATRE

Je suis bien placé en ce moment pour goûter ce vers de la comédie bucolique, *Décentralisons !* dont l'auteur consciencieux et convaincu, notre ami Lucien Duc, a donné la primeur aux lecteurs de *la Province* :

Mais les oiseaux des bois valent bien vos chanteuses !

A la lisière des bois, entre deux forêts, j'ai sous les yeux, dans mon village de Rethondes, au bord de l'Aisne, une vaste plaine, où résonne un concert d'appels stridents de perdreaux à l'aile blonde et de joyeux trilles d'alouettes dans l'air, sans compter le chant matinal des coqs qui se répondent et le croassement des corbeaux qui sonnent le clairon avant le jour. Le coucou — signe de chaleur — ne se fait pas encore entendre, et le faisan, ce coq enrhumé, ne tousse que pour chanter l'ouverture de la chasse.

Je ne parle pas de la musique mélancolique du crapaud, le soir, sur laquelle la chouette, au printemps,

par un tiède clair de lune, laisse tomber sa note poé-
tique, qui sonne comme une heure plaintive à plu-
sieurs minutes d'intervalle.

Sur des variations de ce genre, un compositeur
pourrait broder une partition très originale pour l'acte
en vers de notre ami Duc.

C'est un propagateur d'idées saines que ce vaillant
défenseur de la décentralisation provinciale. Je ne
serais pas logique avec moi-même si je me plaignais
de Paris, à qui je dois le peu que je suis. Je crois
même, comme « émargeur de budget, » pour parler
le langage de François, l'amoureux de Thérèse, dans
la pièce de Lucien Duc, rendre des services à la province, puisque elle y a recours quelquefois. Fruit sec
à Rethondes, je redeviens utile à la rue Richelieu.

Mais enfin, j'admets la thèse de *Décentralisons !*
comme essentiellement honnête, une de ces bonnes
satires contre l'esprit de village qui veut singer la ville.
L'auteur fronde ainsi tout de même les mœurs cam-
pagnardes, car ce n'est pas à la ville, pas plus à la
grande qu'à la petite, au plus prochain chef-lieu, qui
est le grand centre du pays, que le père de François
a puisé ses ambitions pour son fils. Elles lui sont bien
venues d'elles-mêmes et toutes seules. Il est riche et
il ne veut pas d'une fille pauvre pour bru. Ce sont bien
là des idées villageoises. Quant à avoir fait de son fils
un bachelier et rêver de le voir avocat, qui sait même ?
homme politique, comme dans *la Grammaire* de Labi-
che, c'est encore bien naturel au paysan cossu qui

donne une « bonne éducation » à sa fille pour la marier aussi à un avocat ou à un médecin de la ville à qui elle apporte sa dot et sa fortune future contre un diplôme.

La bourgeoisie, elle, redore les savonnettes à vilain. C'est ainsi que, dans tous les ordres et à tous les degrés, l'esprit de caste, qu'il faudrait détruire, a ses petites vanités, inhérentes à la nature et au cœur de l'homme.

L'auteur de *Décentralisons !* et qui veut décentraliser fermement, s'attaque au mal des villes et des campagnes. Il prêche l'amour de l'agriculture ; il a l'air de croire — qu'il me pardonne cette vieille plaisanterie — qu'elle manque de bras, comme la Vénus de Milo. Il voudrait retenir les beaux gars et les belles filles au travail des champs. Reste à savoir comment la pratique s'accommoderait de la théorie, dans un temps où les chemins de fer semblent, à un pauvre ignorant comme moi en la matière, disputer avec tant d'avantages le terrain à l'agriculture et renouveler toutes les lois d'économie politique et sociale à la ville et au village.

Théorie pour théorie, j'ai aussi la mienne, qui ne prévaudra pas certainement contre l'impulsion acquise, pas plus que les *Comptes fantastiques d'Haussmann*, de Jules Ferry, n'ont arrêté l'haussmannie. Elle a continué son plein cours. Elle se fait sentir jusque dans mon voisinage de Rethondes.

Le même spirituel ministre, dont la fortune politique date de ce mot célèbre, — et qui n'est qu'un mot, — nous a bien valu d'autres déficits avec son *bon placement de pères de famille !* La belle hypothèque qu'a celui qui place tout à fonds perdus sur des abîmes ! Au lieu d'aller courir les aventures coloniales, la France aurait mieux fait de commencer par *se coloniser* elle-même. Que de ressources perdues dans le pays, faute de bras industrieux qui sachent en tirer parti ! Pour cela, une infusion de sève parisienne dans nos provinces les plus dépourvues d'industrie aurait rendu du sang et de la vie au pays. Le Parisien est actif ; il est débrouillard. Là où l'autochtone se croise les bras et gémit, le Parisien trouve un biais, il tirerait du sang d'une pierre, et il se sent partout chez lui. Ce n'est pas lui qui regrette sa ville, quand il se trouve bien ailleurs. Il y a là une idée à piocher: coloniser la France avec les Parisiens, relever le courage des provinciaux par l'émulation, fondre les deux antagonismes, non par la concurrence mais par l'exploitation commune des industries régionales, en faire naître de nouvelles par la fondation en France de colonies parisiennes...

Je donne l'idée pour ce qu'elle vaut, mais je n'ai pas la ressource du théâtre, comme Lucien Duc, pour la faire valoir. Il a raison, somme toute, de chercher remède au mal et de le combattre par l'apostolat littéraire, lui qui a un double outil à son service, le composteur et la plume. Il me semble, sans sortir du village où je suis en ce moment, que je vois ses personnages s'agiter là, à deux pas de moi, sur la place de

la mairie. J'entends Pégot, j'entends Palut, j'entends
même le nom du notaire qui a levé le pied en empor-
tant le pot-au-lait du père de l'amoureux François.
Celui-ci aura ainsi sa Thérèse, grâce à la ruine, par
une combinaison de l'auteur.

Comme on le voit, rien ne manque à cette agréa-
ble comédie pour peindre les mœurs de village au
complet. C'est la vie communale dans sa simplicité
la plus décorative.

Allons! ne laissons pas tout faire à Paris. *Décentralisons* aussi... en province. Tout Paris va bien à l'O-
déon voir jouer *le Chemineau*, où, à mon sens, il y a
trop de *musique* ; mais cette musique-là remplit la salle
qui n'est plus un *four*, depuis que Coppée et Richepin
y ont ramené la Poésie.

Il n'en faudrait pas tant, avec la comédie en vers de
Lucien Duc, pour remplir une salle de province. Les
gens de la ville s'y reconnaîtraient aux bons sentiments
qu'y expriment les paysans, et ceux-ci ne seraient pas
fâchés de faire la leçon à la ville.

La tentative serait utile et même fructueuse. MM. les
directeurs de province feraient bien d'essayer. Tout
clocher d'alentour serait un décor tout trouvé pour
leur théâtre. L'immortel auteur du *Siège de Cade-
rousse*, l'abbé Favre, qui décentralisait sans le savoir,
ne s'inspirait que de ses paroissiens, pour leur faire
parler un langage approprié, et toujours *le Trésor de
Substantion* a eu du succès à la ville.

La pièce de Lucien Duc est écrite en français, mais elle répond à tant de besoins du jour qu'on ne lui en ferait pas un reproche, même dans les pays les plus décentralisateurs du monde. C'est même là qu'on l'applaudirait le plus.

Nous ne serions pas fâché, tout *Parisien* d'adoption et de naturalisation que nous sommes, de voir ce moyen de propagande par le théâtre, — plus ouvert à tous que le livre, encore fermé au plus grand nombre, — mis au service d'idées réformatrices dont l'application ne se fera, comme toujours, qu'en tant qu'elle trouvera le joint, par infiltration et par raccroc ; elle ne viendra jamais que comme viennent toutes les réformes, en temps opportun et à mesure ; mais c'est une des conséquences du suffrage universel et de la Liberté reconquise au prix de tant de sacrifices, que de rendre de l'air au pays, de lui desserrer, en un mot, la ceinture. J'exprime ici mes sentiments personnels de républicain, d'accord avec tous ceux qui partagent les idées de *la Province. Décentralisons* donc : voilà un petit acte, plein de portée, pour nos bonnes scènes de province. Il en ressortira toujours un bon enseignement pour les mœurs publiques et politiques d'une nation de plus en plus en proie à l'abdéritanisme, et qui s'émeut pour l'exhibition d'une ci-devant princesse, tombée aussi bas que possible de l'échelle sociale.

Jules TROUBAT.

DÉDICACE

A l'excellent artiste dramatique Ayes-Duparc
et à tous mes amis du Félibrige et de *la Province*
partisans d'une sage décentralisation
qui ramène les esprits vers la nature et puisse
rendre aux villageois l'amour du sol et
l'attachement au clocher natal,
je dédie cette comédie
ainsi qu'à MM. les Directeurs des théâtres de province

L. Duc.

FRANÇOIS MOULIN, étudiant, amoureux de Thérèse.
JÉROME MOULIN, propriétaire, père de François.
BLAISE PALUT, propr^e, oncle et parrain de Thérèse.
MARCIUS PÉGOT, cordonnier.
MARTIAL, vieux soldat de l'Empire, grd-père de Marcius.
FIRMIN, cultivateur, amoureux de Colombe.
ANDRÉ et JULES, amis de Marcius.
LE MAIRE et quelques CONSEILLERS MUNICIPAUX.
THÉRÈSE, amoureuse de François.
COLOMBE, éprise de Marcius.
MÈRE ANGÉLIQUE, grand'mère de Colombe.
ISMÉNIE, fille de comptoir, maîtresse de Marcius.

DÉCENTRALISONS !

COMÉDIE EN UN ACTE, EN VERS

La scène représente un coin de place de village. — Au fond, à
droite, une maison avec un jardinet séparé de la place par une
grille, et clos, sur le côté, par un mur dans lequel est percée
une porte donnant sur une impasse au fond de laquelle on aper-
çoit un parc. — Une rue débouchant sur la place longe ce parc.
— A droite et à gauche de la scène, rideau d'arbres, avec un
banc de pierre de chaque côté. Un autre banc est aussi contre
.la grille.

SCÈNE I

JÉRÔME MOULIN et BLAISE PALUT.

(Les deux amis sont dans le jardin, près du perron)

PALUT, *serrant la main de son compagnon.*
Ainsi donc, vieil ami, ton fils est de retour ?

MOULIN,

Et déjà, du village, il doit faire le tour :
Il n'a pas pris le temps de casser une croûte !

PALUT.

Il sait qu'il trouvera plus d'une table en route.

MOULIN.

Je n'en suis point en peine : il s'arrangera bien ;
Mais trop de commérage, à mon sens, ne vaut rien,
Et je voulais d'abord, avant qu'il vît son monde,
Lui dire mes projets...
  (hochant la tête) Pourvu qu'il y réponde !...
Il s'est toujours montré si modeste en ses goûts,
Qu'il me faudra le prendre encor par tous les bouts
Pour lui faire accepter une belle carrière.
Il se contenterait, je crois, d'une chaumière !

PALUT, avec une pointe d'ironie.

Et tu rêves pour lui de quelque beau château ?

MOULIN.

Je lui souhaite au moins une part de gâteau
Meilleure que la nôtre, et surtout moins trempée
De sueurs.

PALUT.

  Pourquoi donc ? Une vie occupée
Est le gage certain du bonheur ici-bas :
N'est pas heureux celui qui ne travaille pas !

MOULIN, avec humeur.

Eh ! crois-tu que je veuille en faire un inutile ?
Non ! Je veux simplement l'envoyer à la ville
Se tailler un emploi moins rude et fatigant.
Trouves-tu mon projet si fort extravagant ?

PALUT.

Non pas ! Je pense bien qu'après douze ans d'école,
Tu ne veux point pour lui d'un labeur agricole ;
Mais je crois qu'il est bon de le laisser choisir
Une profession au gré de son désir.
On ne réussit bien, vois-tu, dans ses études,
Qu'en consultant ses vœux, ses goûts, ses aptitudes.
On l'a dit : en amour comme en vocation,
Ne contrarions pas une inclination !

MOULIN, *railleur*.

Toi, je te vois venir, mon bel ami Jean-Blaise :
En me parlant ainsi, tu penses à Thérèse.

PALUT.

Le sort de ces enfants m'intéresse, c'est vrai,
Et, quand il le faudra, je t'en entretiendrai ;
Mais sache que pour eux je ne veux m'entremettre
Que si vraiment l'amour dans leur cœur règne en maître.

MOULIN.

Ils sont jeunes tous deux, et ce beau sentiment
Peut bien ne pas survivre à leur éloignement.

PALUT.

C'est ce qui me fait dire : attendons, rien ne presse ;
Mais sans contrarier leur commune tendresse !
Le dernier mot, vois-tu, doit être pour François,
Et Thérèse dirait pareillement, je crois.
Tiens, la voilà qui passe, au retour de l'église,
Et je veux devant toi qu'elle-même le dise.

(se rapprochant de la grille et appelant)

Eh ! Thérèse ? entre donc !

SCÈNE II

LES MÊMES, THÉRÈSE.

THÉRÈSE, *entrant timidement.*

Bonjour, monsieur Moulin !

MOULIN, *un peu ironique.*

Oh ! oh ! comme tu prends un petit ton câlin :
Tu sais qu'il est ici, parions, ma petite !

THÉRÈSE, *rougissant bien fort.*

On vient de me le dire.

MOULIN.

Et tu courais bien vite,
Pensant que son premier bonjour serait pour toi ?

THÉRÈSE, *ferme.*

Il s'est toujours montré bon et galant pour moi,
C'est vrai ; mais n'est-ce pas tout naturel, en somme ?
Tel il était enfant, tel il reste jeune homme.

(avec attendrissement)

Souvenez-vous : bambins, nous ne nous quittions pas ;
Nous allions à l'école en nous donnant le bras ;
Nos récréations, nous les passions ensemble,
Et le soir, dans le pré, sous le saule ou le tremble,
Nous gardions notre chèvre, ou, dans mon tablier
Nous ramassions des fruits... Ça peut-il s'oublier ?

PALUT, *avec émotion.*

Comme elle dit cela ! que sa voix a de charmes !
Vrai, je sens que mes yeux se remplissent de larmes.

THÉRÈSE, *caressante.*

Bon oncle !

MOULIN, *froidement.*

Tout cela, c'est très beau, j'en conviens ;
Mais n'attachons pas trop d'importance à des riens !
Lorsque de s'établir on voit arriver l'âge,
Il faut mettre au rancart tout cet enfantillage.
Mon fils est trop savant pour rester villageois :
Il lui faudra, dès lors, la fille d'un bourgeois.
Ne vous bercez donc pas d'un espoir illusoire.

(voyant que Thérèse s'essuie les yeux)

Je ne méprise pas ton cœur, tu peux m'en croire,
Thérèse ; et si François fût resté comme nous,
Il serait, à coup sûr, devenu ton époux.
Mais, s'il est avocat, l'écart serait trop large ;
Puis, il faut des écus pour acheter la charge.

THÉRÈSE, *pleurant.*

Ah ! vous êtes cruel de m'affliger ainsi !

MOULIN, *paternel.*

Plus tard, ma pauvre enfant, tu me diras merci.

PALUT, *d'un ton bourru.*

Eh ! laissons l'avenir décider de la chose !
François doit être aussi consulté, je suppose ?
C'est à lui de forger l'avenir à son gré,
Soit qu'il rêve d'honneurs, soit pour vivre ignoré.

(à Thérèse)

Allons, ne pleure plus et viens, chère Thérèse :
Laissons l'ami Moulin agir tout à son aise.

(Il lui prend le bras)

MOULIN, *les retenant.*

Un moment donc ! j'entends mon fils à la maison
Et, devant vous, je tiens à lui parler raison.

SCÈNE III

LES MÊMES, FRANÇOIS.

FRANÇOIS, *accourant tout joyeux.*

Depuis un bon moment, je vous suis à la trace,
Chers amis.

(Il serre la main à Palut et va vers la jeune fille)

Théréson, permets que je t'embrasse,
Comme quand nous étions enfants insoucieux !

(Il l'embrasse sur les deux joues, puis, la regardant bien
en face, en se reculant un peu, et lui prenant les deux mains)

Mais quoi ! dirait-on pas des larmes dans tes yeux ?
Ce n'est pas mon baiser qui les cause, j'espère ?

THÉRÈSE, *vivement.*

Oh ! non ! *(lui rendant ses baisers)* Tiens !

FRANÇOIS.

Mais alors ?

THÉRÈSE, *tristement.*

Interroge ton père !

FRANÇOIS, *d'un ton de reproche.*

Comment, père, c'est vous qui causez son chagrin ?

MOULIN.

Je m'en vais t'expliquer, vois-tu ; j'étais en train
De dire à nos amis quels projets je caresse
Pour toi...

FRANÇOIS, *l'interrompant.*

Mais, quels qu'ils soient, je garde ma tendresse
Pour celle qui toujours a fait battre mon cœur :
Je me réserve, au moins, d'assurer mon bonheur !

MOULIN, *paternel.*

Le bonheur, mes enfants, dépend des circonstances :
Il est fait de raison, de froides convenances
Et d'écus... et non pas de ces beaux rêves creux
Que l'on forge à vingt ans, lorsqu'on est amoureux !

FRANÇOIS.

Je proteste !

PALUT, *malicieux.*

Cela dépend du caractère :
Tel n'aime que l'argent placé chez un notaire,
Tel autre les honneurs, tel autre les plaisirs...

FRANÇOIS.

Quand le bonheur consiste à borner ses désirs.
S'il faut se défier du sentimentalisme,
Ne péchons pas non plus par excès d'égoïsme,
Et, de nos amitiés, sachons nous souvenir.
Voyons, père, quel est votre plan d'avenir ?

MOULIN.

Pour t'élever, j'ai fait plus d'un gros sacrifice.

FRANÇOIS.

Je m'en doute.

MOULIN.

Et Palut, qui m'a rendu service,
Pourra te dire, lui, si je me suis privé,
Pour faire de mon fils un garçon arrivé.

THÉRÈSE, *se rapprochant de François.*

Oh ! oui, je me souviens qu'avec ta pauvre mère
Nous déplorions tout bas son rêve, sa chimère.
« Pourquoi, me disait-elle, en n'ayant que ses bras,
Prendre une telle charge et de tels embarras ?
François est courageux, travailleur et modeste :
Il se passerait bien du latin et du reste !
Et puis, une fois loin, le verrons-nous souvent ?... »
Mais ton père voulait que tu fusses savant
Et, redoublant pour toi d'effort et de courage,
Le voilà devenu le riche du village.
Sa fortune est honnête et je m'en réjouis,
Car je sais que tes yeux n'en sont pas éblouis.

FRANÇOIS.

Père, vous le voyez, elle sait reconnaître
Votre persévérance et, moi, je m'en pénètre
Et, fier d'avoir été l'objet de tant d'amour,
Je m'en vais redoubler de zèle chaque jour.

MOULIN.

Si tu veux me payer de ma peine première,
Tu n'as qu'à faire choix d'une belle carrière.
Je te sais plein de flamme et causeur délicat,
Et je voudrais de toi faire un grand avocat.

FRANÇOIS, *riant.*

Comme cela, du coup ? C'est trop problématique !

MOULIN.

Songe que cela t'ouvre aussi la politique !
Marcius le disait encor l'autre matin :
Toujours les avocats sont maîtres du scrutin.

FRANÇOIS, *sérieux*.

Non, pour politiquer, je manquerais d'organe,
Et je n'ai pas non plus de goût pour la chicane.
Je n'ai jamais rêvé de triomphe éclatant :
Etre utile sans bruit est bien plus méritant
A mes yeux qu'éblouit la lumière trop vive.

MOULIN, *dépité*.

Quel état te plairait, donc, en définitive ?

FRANÇOIS.

Ecoutez : je pourrais me faire professeur,
Entrer dans un bureau, devenir possesseur
De quelque emploi public, de quelque sinécure
Et faire dans le monde assez bonne figure,
Enfin, tout comme un autre, émarger au budget...
Mais j'ai conçu, je crois, un plus noble projet :
Ne voulant rien devoir qu'à mon propre mérite,
— Cette ambition-là chez moi n'est pas proscrite ! —
Et voulant être utile à mes concitoyens,
Selon toute mon âme et mes faibles moyens,
J'ai choisi pour état...

MOULIN, *impatient*.

Quoi donc ?

PALUT.

Je le devine.

THÉRÈSE.

Achève donc, François !

MOULIN.

Eh bien ?

FRANÇOIS.

         La médecine !
Je me sens attiré vers les déshérités.

MOULIN, *poursuivant son idée.*

Beaucoup de médecins sont aussi députés ;
Mais je trouve l'état bien plus rude que l'autre.

THÉRÈSE.

Il est plus noble aussi : c'est un métier d'apôtre !

FRANÇOIS.

Qu'importe la fatigue, en présence du but !
Au médecin, hélas ! chacun paye tribut.
Vous savez comme moi qu'en nos humbles communes
On meurt faute de soins aux heures opportunes :
C'est ce fait désolant qui m'a dicté mon choix.

PALUT, *lui serrant la main.*

Tu fais preuve de cœur : je t'approuve, François.

FRANÇOIS.

Et puis, j'y vois encore un immense avantage :
On peut, sans un denier, s'établir au village,
Tandis qu'un avocat doit prendre un cabinet
Ou végéter, malgré sa toge et son bonnet.

MOULIN, *avec orgueil.*

J'ai prévu tout cela, ne t'en mets pas en peine :
J'ai trente mille francs d'écus, sans le domaine !

FRANÇOIS.

Eh bien, gardons votre or pour un cas plus urgent ;
Je vous ai déjà bien assez coûté d'argent,

Et ce n'est pas fini, car mes quatre ans d'études
Vont faire à ce magot des entailles fort rudes.
Enfin, dernier motif, et dont je fais grand cas :
Une fois médecin, je ne vous quitte pas,
Je vis auprès de vous, heureux, fier et tranquille,
Au lieu de respirer l'air malsain de la ville.
J'aime les champs, les fleurs, la chasse, les grands bois ;
En suivant mon dessein, j'aurai tout à la fois...

(Regardant tendrement Thérèse qui s'est rapprochée de son oncle)

Et s'il manquait encore à mon cœur quelque chose,
Nos amis sauraient bien en deviner la cause...
Ainsi, c'est convenu.

MOULIN.
Nous en reparlerons.

PALUT (*à François*)

Allons, viens, je t'emmène, et nous te garderons
Pour dîner, n'est-ce pas ?   (*à Moulin*)

                              Sans rancune, Jérôme !
        (aux jeunes gens qui sortent)
Passez premiers, je suis.   (*à Moulin*)

                              Ça servira de baume
A leurs cœurs attristés par ce premier assaut.

MOULIN.
Je suis têtu, c'est vrai ; mais parfois il le faut.

PALUT, *montrant les jeunes gens.*
Regarde-les, voyons : tous deux jeunes et souples,
Ne font-ils pas ainsi le plus charmant des couples ?

MOULIN, *avec un gros rire un peu contraint.*

Tu sais, surveille-les ; je ne réponds de rien !

PALUT.

Moi, je réponds de tout ! Adieu ! tout ira bien.

SCÈNE IV

MOULIN, *seul,*

Vraiment, cette Thérèse est loin d'être commune ;
Mais elle est orpheline et n'a point de fortune.
Il est vrai que son oncle arrondit son magot....
Se lier, toutefois, serait par trop nigaud !
La situation peut changer d'elle-même :
Cinq ans, c'est un peu long, lorsque déjà l'on aime !
Avant l'heure, je crois, Thérèse languira,
Et peut-être qu'aussi François se dédira.

       (après une pause)

Bah ! laissons faire au temps son œuvre salutaire !
Occupons-nous plutôt de monsieur mon notaire
Qui ne me répond pas, voilà huit jours passés...

      (faisant un geste significatif de la main)

Quand c'est pour recevoir, ils sont plus empressés !
Ce silence trop long m'ennuie et me tourmente :
Il faudra que je songe à des titres de rente.

      (allant ouvrir la grille du parc)

En attendant, ouvrons la grille à deux battants,
Pour que le public vienne ici passer son temps.

      (se frottant les mains)

Par ce moyen fort simple et que nul ne censure,
Je chauffe le succès de ma candidature !

      (Il rentre dans la maison)

SCÈNE V

FIRMIN *arrivant, un panier au bras.*

Bon ! la grille est ouverte ainsi dès le matin :
Du retour de François, c'est l'indice certain.
Ce bon François qui tend sa main si chaleureuse
Vers le cultivateur à main rude et calleuse !
Lui ne méprise pas un modeste fermier,
Comme fait Marcius, ce damné cordonnier
Qui vous regarde à peine ou vous toise, ironique,
Et ne sait jacasser que de sa politique !
Est-il assez marquant avec ses cheveux roux !
                    (tristement)
Et Colombe l'admire et lui fait les yeux doux !
Est-ce croyable, ça ? Depuis qu'il la fréquente,
Elle est toujours songeuse et plus jamais ne chante.
Je n'ose lui parler de nos anciens serments ;
Mais elle doit bien voir ma peine et mes tourments,
Car le cœur reste bon, s'il lui tourne la tête.
                    (après une pause)
Enfin, sachons souffrir, si le bonheur s'achète !
              (faisant quelques pas vers la maison)
François doit être là ; pour fêter son retour,
Portons-lui ces produits de notre basse-cour :
Des poulets, des œufs frais, puis deux cailles superbes
Surprises, ce matin, à becqueter nos gerbes.
              (regardant vers la rue)
Esquivons-nous : voici le cordonnier vantard
Qui méprise le sol, lui, paysan bâtard !
              (Il entre chez Moulin par la porte de côté)

3

SCÈNE VI

Marcius arrive avec deux camarades, André et Jules.

ANDRÉ, *à Marcius.*
Tu nous arrives donc toujours comme une bombe ?
MARCIUS, *avec fatuité.*
Ne t'en étonne pas : je viens chercher Colombe.
ANDRÉ.
Ah ! ah ! c'est décidé ?.. Veinard ! elle a du bien.
MARCIUS.
Crois-tu que je prendrais une femme sans rien ?
ANDRÉ.
Eh ! eh ! pourquoi donc pas ? Elle est assez gentille !
MARCIUS, *faisant la roue.*
A la ville, j'aurais plus d'une belle fille,
Si je ne courais pas après le capital.
Tant gagné, tant mangé ! là-bas, c'est général.
Mais on s'amuse, au moins ! tandis qu'ici, vous autres
N'avez point de plaisirs comparables aux nôtres.

SCÈNE VII

Les Mêmes; le Père Martial.

MARTIAL, *survenant.*
Ah ! si vous l'écoutez, il en débitera !
Nous n'avons pas, c'est vrai, de concert, d'opéra ;
Mais les oiseaux des bois valent bien vos chanteuses !

MARCIUS.

Est-il drôle, le vieux, avec ses phrases creuses !

JULES.

Il nous fait rire aussi quand il conte ses tours,
Ses exploits de troupier et ses jeunes amours.

MARTIAL.

A votre âge, c'est vrai, j'ai bien roulé ma bosse,
Ouvrier ou soldat ; mais, en faisant la noce,
Je n'oubliai jamais le village natal
Dont l'air nous rajeunit de son souffle vital ;
Y revenir était ma plus chère pensée,
Et comme l'oiseau vient, de son aile empressée,
Vers les bords où son nid s'abrite des autans,
Je revins, tout joyeux, m'y fixer, à trente ans.
Tandis que, de nos jours, à quoi tend la jeunesse ?
A courir vers la ville, où plaisirs et richesse
Ne sont pas plus qu'ici faciles à saisir :
Toujours on est rongé par un nouveau désir
Et l'on vit dans la fièvre et souvent la misère,
Pour mourir ignoré, sans secours, sans prière...

MARCIUS, *ricanant.*

Brrr... vous n'êtes pas gai, grand-père, ce matin !
Mais laissez donc chacun courir à son destin.
La campagne vous plaît ? Restez-y ! Moi, la fièvre
Me va : j'approcherai la coupe de ma lèvre
Avec autant d'ardeur — sans qu'on vienne m'aider —
Que vous en mettez, vous, à me dissuader :
Chacun selon ses goûts, selon sa politique...

(regardant vers la gauche)

Mais je vois, par là-bas, venir mère Angélique,
Et je compte vous voir l'aborder en mon nom.
(d'un air fat)
Je veux Colombe... et crois qu'on ne dira pas non !
(prenant le bras de ses amis)
En sortant du café, je reviendrai vous prendre.
(Ils s'éloignent vers le fond de la place)
MARTIAL, *les regardant et hochant la tête.*
Voyons si, tant que ça, la place veut se rendre.

SCÈNE VIII

MARTIAL, MÈRE ANGÉLIQUE.

MARTIAL, *l'abordant.*
Eh ! bonjour, ma commère, où va-t-on de ce pas ?
ANGÉLIQUE,
montrant la devanture d'un boucher.
Prendre une côtelette, ici, pour mon repas :
Ma Colombe, aujourd'hui, va dîner chez Thérèse.
MARTIAL.
Rien ne vous presse, alors? Ma foi, j'en suis fort aise,
(la prenant par le bras)
Et si vous voulez bien vous asseoir sur ce banc,
Nous pourrons tous les deux nous parler à cœur franc.
(Ils s'assoient)
On m'a chargé pour vous d'un important message.
ANGÉLIQUE, *finement.*
Parions qu'il s'agit au moins de mariage ?

MARTIAL.

Tout juste, et Marcius, revenu d'hier soir,
Vous demande Colombe et brûle de l'avoir.

ANGÉLIQUE, *brusquement*.

Oui, pour me l'enlever et courir à la ville !
Qu'ils me laissent au moins mourir ici tranquille ;
Ils agiront ensuite à leur gré, puisque rien
Ne peut les assurer qu'on parle pour leur bien.

MARTIAL.

Les jeunes, aujourd'hui, ne rêvent que chimères.

ANGÉLIQUE.

Méprisant leur village, ils méprisent leurs mères ;
Mais c'est l'esprit du jour qui les emporte ainsi :
Je n'en veux à personne et n'ai d'autre souci
Que le bonheur de celle à qui je sers de guide.
Or, j'ai beau réfléchir : c'est ici qu'il réside
Et non pas à la ville, où tout la tromperait.
J'en suis sûre, bientôt elle aurait du regret,
Et je dois lui montrer les pierres de la route.
Compère, feriez-vous pas de même ?

MARTIAL.

                              Eh ! sans doute !
J'ai dit à Marcius : Habitant la cité,
Cherche femme là-bas !... Il n'a pas écouté.

ANGÉLIQUE.

Eh bien, alors, faisons un pacte d'alliance ;
Gagnons du temps, c'est là toute notre science.

(confidentiellement)
Entre nous, vous savez que Marcius, là-bas,
A plus d'une maîtresse et ne s'en cache pas.
Colombe affecte bien tout haut de n'y pas croire,
Mais redoute, en secret, quelque calice à boire ;
Tandis qu'elle serait sûre du lendemain
En épousant ici ce brave cœur : Firmin !
(Elle montre Firmin qui sort à ce moment de chez Moulin
par la porte latérale)

SCÈNE IX

LES MÊMES, FIRMIN.

FIRMIN, *à part.*
Le père Martial avec mère Angélique !
De les voir causer seuls sur la place publique,
Cela me trouble fort...
(se pressant la poitrine)
Ah ! pauvre cœur, tais-toi !
ANGÉLIQUE, *lui faisant signe.*
Arrive donc, Firmin ! tu viendras avec moi ;
Je suis seule et je veux te dire quelque chose.
(tendant la main à son compagnon)
Au revoir, Martial !

SCÈNE X

LES MÊMES, plus le MAIRE, PALUT et quelques CONSEILLERS,
puis FRANÇOIS, THÉRÈSE et COLOMBE.

LE MAIRE, *arrivant et retenant mère Angélique.*
Non, encore une pause :

J'ai besoin de vous tous ici pour un moment.
Voici François, Thérèse, en un couple charmant,
Et Colombe avec eux : c'est parfait. Qu'on prévienne
Maître Moulin qu'ici je désire qu'il vienne.
Va le chercher, Firmin ; va, mon brave garçon !

*(à part, pendant que le jeune homme s'éloigne après avoir
jeté un regard énamouré sur Colombe)*

A plus d'un, mon discours servira de leçon.

(On entend le roulement d'une voiture)

PALUT, *regardant sur la route.*

Voyons qui nous arrive... Une dame en voiture...

(après l'avoir examinée un instant)

Je me défie un peu de sa désinvolture :
Quel tapage elle fait avec ses falbalas !

MARTIAL, *s'avançant, malicieux.*

J'en ai vu, dans le temps, de ces fiers échalas.
Leurs frou-frou n'ont qu'un but : faire tourner les têtes,
Et leurs yeux assassins recherchent les conquêtes.
Ça, c'est une poupée, ou je n'ai plus de flair !

LE MAIRE, *à part.*

Eh ! eh ! le vieux troupier y voit encore clair.

MARTIAL.

Un visage fardé se distingue entre mille.

LE MAIRE.

Chut ! la voici : soyons corrects comme à la ville.

SCÈNE XI

LES MÊMES, ISMÉNIE.

ISMÉNIE
s'avançant, dédaigneuse, le torse en avant.

Bonnes gens, où donc est le Maire de l'endroit ?
« Sa maison est au bout : allez toujours tout droit ! »
M'a-t-on dit, en dardant sur moi des yeux de flamme.

LE MAIRE, *s'avançant.*

Le Maire du pays, c'est moi-même, Madame.

ISMÉNIE
le toisant d'un regard effronté, tout en faisant la révérence.

Ah ! c'est vous ? Enchantée !... Alors, puis-je savoir...

LE MAIRE, *l'interrompant.*

Est-ce pressé ? J'aurais ici quelqu'un à voir ;
Mais si voulez bien m'attendre à la Mairie
Un tout petit quart d'heure...

ISMÉNIE, *se campant.*

                A quoi bon, je vous prie ?
Je n'ai qu'un mot à dire, et vous pareillement.

LE MAIRE, *montrant l'assistance.*

S'il vous plaît de parler, faites !

ISMÉNIE, *avec assurance.*

                Parfaitement.
Ma démarche n'est point un secret : au contraire !

COLOMBE, *bas, à Thérèse.*

Comme elle, son langage a le don de déplaire.

LE MAIRE.

Parlez donc !

ISMÉNIE.

On m'a dit qu'allait se marier
Un amoureux à moi : Pégot, le cordonnier.
Est-ce vrai ?
(Les paysans se rapprochent, curieux, et Moulin et Firmin, sor-
tant de la maison, viennent se mêler au groupe)

LE MAIRE.

Je ne sais ; ce bruit à mon oreille
N'est pas encor venu ; mais ça tombe à merveille,
(montrant Martial)
Car voici son grand-père : adressez-vous à lui.

ISMÉNIE, *éclatant*.

Après m'avoir promis de me prendre, il a fui ;
Mais je l'empêcherai d'en épouser une autre !

THÉRÈSE, *à Colombe*.

Eh bien, lui qui faisait tantôt le bon apôtre
Près de toi : que disais-je ?

COLOMBE, *confuse*.

Ah ! ne m'accable pas !

MARTIAL, *s'avançant vers Isménie*.

Pour lors, vous seriez donc sa maîtresse là-bas ?

ISMÉNIE, *avec fatuité*.

Et sa maîtresse en pied : on le sait bien aux Halles
Où je fais enrager chaque jour dix rivales !

ANGÉLIQUE, *qui s'est rapprochée de Colombe*.

Tu l'entends, ma chérie ?

COLOMBE, *dépitée*.

Ah ! le traître, il mentait !

(A ce moment, Marcius et ses amis sortent du café et sont aperçus)

MARTIAL, *appelant.*

Eh ! Marcius ?

(au maire, à demi-voix)

Faut voir si ce qu'on nous contait...

ISMÉNIE, *courant à son amant.*

Ah ! puisque le voilà, je reprends mon empire.

MOULIN, *bas, à Firmin.*

Bonne affaire pour toi, Firmin !

FIRMIN, *soulagé.*

Oui, je respire.

SCÈNE XII

LES MÊMES, moins ISMÉNIE.

PALUT
regardant vers le fond de la scène.

Ils montent en voiture : elle l'enlève bien !

ANGÉLIQUE.

Je n'en suis point fâchée. Et toi, tu ne dis rien,
Colombe ?

COLOMBE, *décidée.*

Oh ! si, grand'mère, et je suis bien guérie !

·LE MAIRE, *paternel.*

Va le dire à Firmin.... et que je vous marie !

COLOMBE, *rougissante.*

Pauvre Firmin ! c'est vrai, je l'ai bien fait souffrir ;
Mais s'il veut oublier...

(elle lui tend la main)

FIRMIN, *empressé, la prenant.*
Heureux de vous servir !
Oh ! merci mille fois : vous êtes généreuse ;
Et s'il dépend de moi que vous soyez heureuse....

ANGÉLIQUE, *brusquant les choses.*
Mais oui, vous vous aimez depuis vos jeunes ans.
C'est entendu, dimanche on publiera les bans.

LES PAYSANS, *en chœur.*
Vivent les fiancés !

FRANÇOIS,
avec un regard tendre à Thérèse.
Vivent les villageoises !

PALUT
*montrant à Moulin le groupe charmant formé par Firmin et
Colombe, appuyés l'un sur l'autre et rayonnants.*
On ne voit jamais ça dans les noces bourgeoises !

MOULIN, *ébranlé.*
Tu dis peut-être vrai : l'amour vaut les écus.

LE MAIRE.
Et, seul, il peut aussi consoler les vaincus.
Ecoute, ami Moulin, ce que je dois te dire
Et promets de ne pas prendre la chose au pire.

MOULIN.
Vous me faites trembler... Qu'est-il donc arrivé ?

LE MAIRE.
Dans ton anxiété, ne l'as-tu pas rêvé,
Durant tes huit longs jours d'attente et de mystère ?

MOULIN, *étonné.*
Quoi ! vous savez ?...

LE MAIRE.

      Parbleu ! je connais ton notaire
Et t'avais même, un jour, averti comme il sied.

MOULIN, anxieux.

Parlez : que savez-vous ?

LE MAIRE.

      Il a levé le pied !...

MOULIN
atterré, se laissant tomber sur le banc de pierre.

Perdu ! je suis perdu ! C'est la ruine affreuse :
De la clarté, je passe à la nuit ténébreuse !

FRANÇOIS, allant à lui, empressé.

Non, mon père, ce n'est qu'un revers passager.

MOULIN, comme égaré.

Ruiné !... Hors cela, tout me reste étranger !
(se levant, sombre)
Ainsi, pendant vingt ans, j'ai travaillé sans cesse,
Et lorsque je croyais atteindre à la richesse,
Un bandit prend la fuite avec mes sacs d'écus....
Tout est fini, vous dis-je, et malheur aux vaincus !

FRANÇOIS, énergique.

Avec la volonté, toujours on se relève.

MOULIN, avec accablement.

Non, je suis terrassé bien mieux que par le glaive :
En moi, tous les ressorts sont à jamais brisés ;
Déjà je sens fléchir mes membres épuisés....
(s'avançant, avec rage et le poing crispé)
Ah ! si je te tenais sous mon talon, vipère !
Je voudrais t'écraser !....
(il frappe du pied, l'air égaré)

FRANÇOIS, *le prenant par le bras.*
                    Oh ! de grâce, mon père,
Calmez-vous !

              PALUT, *se joignant à lui.*
              Eh bien, quoi ! tu perds donc la raison ?
Si tu n'as plus d'écus, n'as-tu pas ta maison,
Des terres et des bras ?

                    LE MAIRE.
                    Il dit vrai : sois un homme !
                    PALUT.
Et ne suis-je pas là pour t'aider, moi, Jérôme ?

                    MOULIN
se laissant de nouveau tomber sur le banc, mais plus calme.
Ah ! quel coup de massue ! autant vaudrait la mort !
                              (Il sanglote)

              THÉRÈSE, *s'approchant, caressante.*
Voyons, monsieur Moulin...

                    PALUT, *énergique.*
                    Toi, naguère si fort,
Te désoler ainsi !

                    THÉRÈSE, *insinuante.*
                    Que dirait votre femme ?
Avec sa douce voix qui parlait à votre âme,
Plaignant votre chagrin, elle l'eût adouci.

                    MOULIN, *attendri.*
Ta voix est un écho de la sienne : merci !

     (Il pleure, tout en regardant Thérèse qui essuie ses larmes avec
     son mouchoir)

                                        4

PALUT, *plein de rondeur.*

Va, blessure d'argent ne fut jamais mortelle :
Tu verras, tu verras !

MOULIN,
avec un geste de profond découragement.

La chute est trop cruelle.

PALUT,
montrant les paysans groupés autour d'eux.

Il en est tant ici de plus pauvres que toi !
Allons, reprends courage : en l'avenir, j'ai foi.

MOULIN.

Comment se relever d'une telle ruine ?

FRANÇOIS, *avec feu.*

Comment ? Par le travail, mon père, et j'imagine
Qu'à nous deux nous aurons bien vite réparé
La brèche... A vos côtés, moi, je travaillerai !

PALUT,
lui donnant une vigoureuse poignée de main.

Bien parlé, mon ami !

MOULIN.

Tu piocheras la vigne ?

FRANÇOIS, *résolu.*

Pourquoi pas ? ce labeur n'est-il pas aussi digne
Que celui de saisir ou celui de plaider ?

MOULIN, *toujours découragé.*

Il est moins lucratif.

FIRMIN, *s'avançant.*

Mais on peut vous aider
Et, pour ma part, je vous abattrai de l'ouvrage,
(sourlant à Colombe)
Maintenant que j'aurai le bonheur en partage.

MOULIN.

Merci ! Mais toi, mon fils, te faire agriculteur
Après avoir rêvé de devenir docteur ?
Ah ! tu regretteras ta carrière brisée !

FRANÇOIS.

Le devoir accompli rendra ma tâche aisée.
Je serai moins utile à mes concitoyens ;
Mais, fils de paysan, paysan je reviens !

MARTIAL, *lui serrant la main.*

Et tous les paysans sont fiers de tes paroles,
Car ça ne s'apprend pas souvent dans les écoles.

FRANÇOIS.

Et toi, m'approuves-tu, Thérèse ?

THÉRÈSE, *émue.*

Juste ciel !
Pour moi, ce coup du sort est providentiel.
Quoique n'ayant jamais douté de ta tendresse,
J'avais peur malgré moi, car je craignais sans cesse
Quelque obstacle imprévu, quelque entrave à nos vœux,
Tandis que maintenant...

(se reprenant)

Oh ! pardon, je m'en veux
De n'écouter ainsi que mon cœur égoïste,
Quand ton sort est brisé, quand ton père est si triste !

FRANÇOIS.

Nous le consolerons ensemble, et tu verras
Qu'il redeviendra fort.

MOULIN, *se levant, résolu.*

Le travail de mes bras
Me rendra quelque jour ce qu'un larron m'emporte !

PALUT.

Et, s'il te faut des fonds, viens frapper à ma porte.

MOULIN.

Merci : j'aurai recours à l'ami complaisant,
Puisque aussi bien Thérèse est ma fille, à présent.

(à Thérèse)

Je te promets François devant tous : sois contente !

FRANÇOIS et THÉRÈSE

ensemble et se donnant la main, d'un mouvement spontané.

Vous faites deux heureux !

LE MAIRE.

Et tout ceci m'enchante.
J'aime à voir cimenter l'union de deux cœurs
Fidèles au clocher. Qu'importent les moqueurs !
Qu'ils s'en aillent grossir le flot mouvant des villes :
Nous, restons au foyer, le plus saint des asiles,
Et l'amour pur et vrai nous tiendra sous ses lois !
J'applaudis à Firmin, j'applaudis à François.

(à Moulin)

Et nous saurons parer les coups de la fortune.
Je parle en ce moment au nom de la Commune
Et je vais vous transmettre un vote du Conseil
Qui rendra de nouveau votre horizon vermeil.
Quand, de votre notaire, on a connu la fuite,
Une idée en ma tête a germé tout de suite
Pour vous venir en aide à cette occasion :
Connaissant de François la noble ambition
D'être un jour médecin dans son humble village,
J'ai cru de mon devoir d'en montrer l'avantage

A tous les Conseillers, car il faut convenir
Que jamais médecin ne viendra s'établir
Chez nous, s'il n'est guidé que par le bénéfice.
Le Conseil l'a compris et fait un sacrifice
Pour qu'un jour la commune ait son praticien,
Car, ici, la santé, c'est le principal bien.
Donc, j'apporte à Francois une bourse d'étude.

FRANÇOIS, *touché.*

Comment vous exprimer toute ma gratitude ?

LE MAIRE.

Oh ! la rente est modique et ne permettra pas
De faire grasse chère à tes quatre repas !

FRANÇOIS.

Je saurais me priver, si c'était nécessaire,
Pour reconnaître ainsi ce vote populaire,
Et vous pouvez compter sur tout mon dévoûment.

MOULIN,
serrant la main du maire, avec un éclair de joie dans le regard.

Ce n'est pas pour lui seul qu'est l'encouragement :
Plus heureux que le fils, le père vous assure
Que vous cicatrisez cette fois sa blessure.
Je saignais en dedans de ce fâcheux revers
Qui longtemps eût tenu ma cervelle à l'envers,
Car il m'eût été dur, vous le croirez sans peine,
(montrant François)
De le voir bachelier et... piochant son domaine !
Mon rêve était brisé... le sien... d'autres aussi :
(se tournant vers Thérèse)
Je suis sûr que Thérèse avait même souci ?

THÉRÈSE, *simplement.*
Vous l'avez deviné : j'ai pensé la première
Que François devait suivre à tout prix sa carrière,
Et j'allais à mon oncle aussitôt m'adresser.

PALUT, *bon enfant.*
Ton plan était le mien, et je veux m'empresser
D'exaucer tes désirs, en augmentant la rente
Du futur médecin qu'ici je complimente.
Avec ce que le Maire a déjà fait voter;
Il pourra faire mieux, dès lors, que vivoter :
Je demande à fournir au moins l'argent de poche,
Car il en faut toujours en ville, à droite, à gauche...

FRANÇOIS, *ému.*
Ah ! vous me comblez tous, et je ne sais comment
M'acquitter...

LE MAIRE.
En restant humble et bon, simplement.
Fais que de toi, garçon, soit fière la Commune !

PALUT.
Soyons-en sûr, François mérite sa fortune ;
Mais la bourse accordée à ce brave garçon
A tous les villageois doit servir de leçon :
Ce n'est pas du travail la simple récompense ;
Ce qui relève encor cette heureuse dépense,
C'est qu'elle est inspirée aux élus du pays
Par l'intérêt public fort sagement compris.
Oui, le meilleur moyen d'attacher à la terre
Celui dont la sueur souvent la désaltère
Mieux que rosée ou pluie et féconde ses flancs,
C'est d'éloigner de lui les soucis accablants.

LE MAIRE.

Le peuple jusqu'ici, dans son insouciance,
Avait mis en l'Etat sa seule confiance.
Eh bien, ne disons plus : l'Etat y pourvoira ;
Mais aidons-nous d'abord, et l'on nous aidera !
L'Etat ne voit pas tout et ne peut tout connaître ;
Et d'ailleurs, pourquoi donc chercherions-nous un maitre,
Quand nous pouvons agir tout seuls et de plein gré ?
Faisons de nos deniers usage modéré,
Mais qu'ils servent surtout aux dépenses locales,
Au lieu de s'engloutir dans les caisses fiscales
Pour aller à Paris maintenir à grands frais
Des rouages qui vont contre nos intérêts !
Ne quittons plus les champs, mal que chacun déplore ;
Paris même, aujourd'hui, souffre de la pléthore,
Et, le premier, il crie : « O braves paysans !
Ne courez pas au loin chercher des maux cuisants ;
L'ennemi vous y guette : il s'appelle chômage,
Mot qui n'est pas connu dans un humble village.
Non, non, n'envoyez plus vos fils à l'assommoir,
Vos filles sans défense échouer au trottoir ! »

FRANÇOIS.

Aux maux dont nous souffrons, je ne vois qu'un remède :
Aider le paysan, puisque son bras nous aide.
Le salut n'est que là, tous nous le redisons ;
Le mot d'ordre aujourd'hui, c'est : Décentralisons !

RIDEAU

Paris, décembre 1896.

PARIS

IMPRIMERIE LUCIEN DUC

35, rue Rousselet, 35